KB024412

온다는 것

김영삼
시집

온다는 것

달아실
시선
03

제자리서 오래 망설이다
첫발을 뗐다

어렵게 한 발을 내디뎠으니
어디로든 가야 한다

어디로 갈 것인가?
그 길이 궁금하다

다만, 처음 가 보는 길이었으면 좋겠고
어디 먼 데서
중중한 종소리가 나를 데려갔으면 좋겠다

2017년 7월

김영삼

차례

1부

열반

모과의 수행을 끝까지 지켜본 적 있지요
가지를 떠나 처음 출가하던 날
동자승 손을 잡고 절간 같은 집으로 와서
문갑에 손수건 좌복 깔고 고이 모셨는데
정좌한 뒤통수가 어찌나 대견스럽던지
새벽이면 은은히 번지는 노란 독경도 좋아
나도 좌정하고 소리 끝까지 따라가곤 했지요
모과의 시간은 세속보다 빨라
하루에 한 살씩은 먹는 것 같았어요
마음이 풍선 같은 날이 많아 허공을 떠돌다
어쩌다 바닥에 내려앉아서 보면
그사이 동승은 사미승이 되어 면벽 중이고
의젓해진 뒤태에 머리통 쓰다듬지도 못했지요
둥근 달이 기울고 차오르고 다시 차오르는 사이
법랍 아흔이 훌쩍 넘은
검버섯 피어나는 고승을 멀찍이서 바라보았는데
때가 되어 깊은 산속으로 홀로 걸어 드셨는지
하루 눈뜨니 고승은 간데온데없고

좌복에 덩그러니 목탁 하나 놓여 있었지요

모과의 열반은,

철없고 죄 많은 중생 손에

거무튀튀한 목탁 하나 쥐어 주는 것이었지요

매미

평생 울 울음
뱃속에 넣고 나오는가
담긴 울음 다 쏟아 내지 못하면
죽어서도 죽지 못하는가

매미가 운다

처서가 지났는데
떠날 날이 목전인데
가지고 온 울음 다 비워 내지 못해
필사적으로 운다
죽기 위해 죽으라고 울어 댄다

불혹을 넘고
지천명을 넘어
생의 처서도 훨씬 지났는가 싶은데
맑은 하늘 보다가도 찔끔거리는 날이 많아
비워 내야 할 몸속 울음이 아직도 많이 남아

왕 매미가 운다

늙은 벚나무 밑동에 붙어
철없이, 철도 없이 버버리 매미가 운다

오동나무
- 어머니

늙은 오동나무에 눈물 맺혔다

그늘 흔적이 넓고 깊을수록

나무속은 새까맣게 구멍이 졌다는 것

북처럼 속이 텅텅 비면

맑은 소리가 사방 뿔뿔이 풀어지지만

몸속 깊은 곳이 뻥 뚫려 있으면

소리는 소리끼리 부둥켜안고 웅어리지는 것

안으로 안으로

고인 소리가 못내 서러워지면

가지를 비집고 나와 눈물꽃 피우는 것

일찍 잃은 자식 같은 새벽 별이 뜨면

오래 참고 참았듯이

뚝!

오동꽃 떨어진다

우럭

누구는 가난한 선비라 하고
누구는 노송에 외로이 앉은 백로라 하고
그럴싸한 전생을 저마다 점쳐 보는 횟집에서
나는 마땅히 떠오르는 전생이 없어 자작하며
하릴없이 젓가락이나 만지작거리는데
미련하고 아둔하게 생긴 놈이 빤히 보고 있다
안면이 있는데 생각나지 않는다는 듯이
할 말이 있는데 떠오르지 않는다는 듯이
접시에 누워 벌어진 입을 달싹거리고 있다
저미어진 거뭇거뭇한 살점이 하나씩 죽어 나가니
눈 시리도록 투명한 뼈가 조금씩 살아 나오는데
이생이 곧 전생이 아니던가!
양생이 서로 기억하지 못할 뿐
툭 불거진 눈을 동그랗게 뜨고는 무심히도
앞에 앉아 있는 굼뜨고 답답한 생을 쳐다보는
우럭,
너의 전생은 내가 알고
나의 이생은 네가 아니

훗날 어쩌다 마주하면 우리 생은 극명하겠다

슬그머니 깻잎으로 꺼림한 눈을 덮어 놓고

전생이 인간이었다는 인간에게 잔을 돌린다

발자국

혼자 가는 길이 혼자가 아니다
숫눈길 걷다 돌아다보니
멀리서부터 발자국이 따라오고 있다

꼬리에 아득한 줄을 달고
흰 구름 속으로 까마득히 날아오르는
나는 가오리연 같다

바람은 끊임없이 불어왔다 바람살이 굵어지면 피하기만
하였으니, 피할수록 몸은 점점 떠올랐으니, 오랫동안 바다를
외면한 채 살았다

충직한 노복처럼 묵묵히 따라오는 발자국
저토록 든든한 줄이 없었다면
이토록 먼 곳까지 오지는 못하였을 것이다

끊어지지 않는 저 줄이
때로 휘청거리기도 하는 연,

다시금 날개 치며 솟구쳐 오르게 하는 것이다

당겼다, 놓았다

긴장을 조절하며 연실이 풀어지고 있다

그 집에 가고 싶다

그 집에 가고 싶다

수백 평 도라지꽃밭 아스라한 끝머리에

금니 같은 초가 한 채 오롯이 앉아 있다

키 작은 나무 댓 그루 서 있는 뒷동산은

염소 뛰어놀기 딱 좋은 너른 풀밭이 있고

집 옆으로 강물은 언제나 고요한데

강 건너 미루나무 모녀

오지 않는 거루를 종일 기다리고

멀리 아주 멀리서 검게 얼굴 그을린 산

들녘의 귀를 당겨 밭고랑 주름 펴고 있다

한 번도 여닫이 소리가 나지 않는 초가집은

들어가는 길 입새가 없어

도라지밭 헤집어 가 볼까도 생각하지만

발소리에 수천 마리 흰나비 떼

일시에 확!

날아올라 삼간초가 다 사를까

조용히 바라보기만 하는 집에는

누에고치 같은 노인네가 꼼틀꼼틀 살 것이다

창백한 거실 불을 끈다

바깥세상이 캄캄하고 고요해지면, 그때서야

정갈한 무명옷 켠장이 애벌레처럼 기어 나와

뒷산까지 내려온 눈썹달을 따다 처마에 걸고

군불 지피고 마루에 쪼그려 앉아

몸에 밴 오랜 기다림으로

아득한 도라지꽃밭 내다볼 것이다

아무도 가 보지 못한 눈앞의 집

나는 꿈속에서나 길을 내야 한다

감꽃 목걸이

무슨 언약처럼
포개져 벽에 걸려 있는 감꽃 목걸이 두 개
오래된 곶감 같다

하나는 내가 꿰어 놓고 궁리하는 초라한 시의 길이고
하나는 아내가 덩달아 만들어 놓은 외로운 꿈길이다

땡감 같은 삶이라면
나는 바깥세상과 내통하는 구멍 뚫는 감벌레고
떫은 속살 홍시 될 날 꿈꾸며
구멍 길 막아 대는 아내는 측은한 열매살이다

빼 먹은 곶감 자리처럼
군데군데 이 빠진 목걸이가 오늘도 말라 간다

어떤 날

　TV는 설날이라 우기고 달력은 일요일이라 얼굴 붉혔다 시
끌시끌한 화면 속 설날을 엄지로 꾹꾹 눌러 지우면 그냥 이
천십년 이월 십사일 일요일이 되었다 그것이 좋았다 여느 휴
일보다 조금 더 조용하였을 뿐, 집안은 무사하였고 종일토록
어머니 방문이 두 번 열렸다가 화장실 문이 가만히 두 번 닫
혔다 머리가 여물어가는 하나뿐인 아들놈은 제 방에 틀어박
혀서 잠잠하였고, 바깥날이 따뜻하다며 혼잣말하던 아내는
거실에 누워 볼륨 낮추라고 짜증을 냈다…… 아무런 대꾸도
하지 않았다 찾아올 사람도 찾아갈 곳도 없기는 저이도 마
찬가지, 실뱀처럼 스르르 지나가 놓쳐 버린 헤드라인 뉴스가
궁금하듯 오늘은 저마다 가슴속에 꼬리를 숨긴 자막이 있을
것이다 다섯 형제가 있기는 하였으나 나는 지나간 어떠한 일
도 지나가야 할 또 어떤 일도 생각하지 않은 채, 평상의 일
요일마냥 이리저리 채널 돌리다 아마존의 눈물을 소리 죽여
보았다 보다가는 자고 자다가는 보고 하였다 몰락한 절간의
유일한 버팀목은 적막이라는 생각을 얼핏 하였고, 모두부같
이 굳어진 방마다 고요가 이상스레 평온하였다

소쩍새

어둑어둑한데 소쩍새가 울어 댄다
숨이 넘어가는 사람이 한사코 찾아 쌓는 이름이듯

서쪽…, 서쪽…, 서쪽…

한 이름만 부르다 부르다가 고요해진다

그토록 애타게 기다리던 그쪽이 당도하였는지
한마디 유언도 없이 끝내 눈을 감고 말았는지
캄캄하고 잠잠해진 숲 속 사정이야 알 도리 없지만

저 부름이 왜 명치끝에서 알싸하게 번지어 가는가

서쪽……

초동(初冬)

산기슭 자그마한 저수지에 살얼음이 얼었다

밤사이 저수지가 슬쩍 유리창 닦아 본 것인데

산오리 댓 마리 창밖을 선회하다 날아간다

어디로 가는지, 떨어질 듯 갸웃갸웃 멀어진다

참방참방 빠져 놀던 사람 마음에도 살얼음이 얼었다

서리꽃 만발한 둑길을 느릿느릿 돌고 돌다

오리떼 사라진 빈 들녘 오래 바라다본다

풀벌레 소리

묵밭에다 한 움큼 소리 씨를 흩뿌려 놓았으니 어찌 가꾸어 보라며 달포를 동고동락하던 폭염이 귀띔 주고 돌아갔다

농사는 숙맥인지라 할 수 있는 일이라곤 감나무 밑에 앉아 오래 들여다보는 것이었는데, 하나 둘 순이 돋고 잎이 나고 자라더니 어느새 소리 무성한 밭이 되었다

서른 평 남짓한 밭에 소리꽃 만발하여 집 앞이 온통 환해졌으나, 꽃잎은 서글픈 색조를 띠고 있어 별빛 아래서 보는 것이 제격이라

밤마다 밭가에 나가 쪼그려 앉거나 서성거리며 언제쯤 꽃 열매 영글어 나도 소리 씨 한 움큼 받아 낼 수 있을까 하였는데

몇 낱의 씨앗은 늑골 속에 묻었다가 어쩌다 가슴 쓸며 우는 날이 있어 가녀린 소리가 담벼락을 넘어가면, 누군가 외돌토리 귀뚜리를 떠올리며 긴 밤을 건너기도 하리라 생각하

였는데

　자고 나니 또 어느새 그 많던 꽃봉 싹둑 잘라 자루에 담고 달아나는 찬바람이 있어, 한 조각 꿈마저 도둑맞은 꽃대만 앙상한 밭을 망연히 들여다본다

미루나무

미루나무면 어떨까요
키 크고 무성하여
먼 곳에서도 쉬이 눈에 뜨이는

내 사랑
새처럼 자유로워 가까이 다가갈 수도
오래 곁에 둘 수도 없으니

날아다니다 맘껏 날아다니다
날개 쉴 곳 찾으면 한눈에 보이게
호젓하니 강가에 서 있으면 어떨까요

허름하여도 품에 둥근 방 하나는 비워 두어
지친 눈까풀 스르르 내리감고
내 사랑 깜빡 졸음 들면
이파리 이파리로 반짝이는 물빛 가려 주다

또 훌쩍,

날아가면 꽁무니 오래 바라볼 수 있도록

목련

피기 위해
활짝 피고 싶어

주먹 꼭 움켜진다

주먹을 쥐고 있어 불행하지만
주먹을 쥐고 있어서 행복하다

스르르 힘없이 손을 펼 날도 올 것이다
텅 빈 허연 손바닥이 부끄러워서
손가락을 하나씩 잘라내고 싶은 날도 올 것이다

그렇다고 함부로 묻지 마라
힘줄 도드라진 손 안에 무엇이 있었느냐고

단지, 손바닥을 활짝 펴기 위해
나는 오늘도 주먹 힘껏 오므리고 있다

뻐꾸기

모가지가 없는 내 설움

깊은 골짜구니에도 움막 짓고 살고 있다

웅덩이에 고인 물면같이

마음은 바위에 앉아 간신히 수평선을 그었는데

울리어오는 청량한 목탁 소리에

잠이 깬 설움,

거적 들치고 기어 나와 제 몸뚱이 찾아들곤

탄산 약수처럼 찌릿찌릿 발끝까지 번지어 간다

절간 한 채 허물고 뻐꾸기 날아가는 山中

목련 2

목련이 피었다 지는
열흘 사이
십 년 사랑이 왔다 가는구나

바람에 지워지거나
빗물에 흘러가거나
또 다른 그림자에 가리어져 보이지 않았을 뿐
너를 향하여 걸어갔던 수많은 발자국이 있었으니

숫눈길 선명한 자국만
가슴속 겹겹이 묻어 두었다가 마침내
너는 꽃망울 활짝 열었을 게고
그렇게 우리 사랑이 왔음도 이제야 알겠으니

너에게로 발자국이 모여드니 꽃이 피고
너에게서 발자국이 흩어지니 꽃은 지고

사랑이 피었다 지는

십 년 사이

하얀 목련이 왔다 가는구나

수컷

하여튼 수컷들이란!

익숙하고도 낯설은 소리가 주방에서 날아왔다 수컷! 티브이 속 늙은 사자처럼 소파에 늘어져 아들 녀석과 빈둥거리는데 갑자기 등줄기가 스멀스멀하며 저릿저릿하며 느슨하게 풀어진 척추가 팽팽히 조여지는 것이다 방금 날아온 뾰족한 말은 분명 짐승에게나 하는 것인데 꼬리도 없는 꼬리뼈에 은근히 힘이 들어가는 거다 게을러터진 엉덩이를 향해 아내는 표창을 던지지만 나는 아무런 상처도 통증도 없이 되레 입가에 실실 웃음이 배어나는 것이다 저 백수의 왕처럼 적어도 서넛의 암컷과 대여섯 새끼는 거느리고 있어야 하리, 광활한 사바나를 어슬렁어슬렁 누비다 혼비백산 달아나는 어린 사슴 따위는 짐짓 외면하는 아량도 가져야 하리, 이따금 앞가슴 긴 갈기를 부르르 떨며 위엄도 보여야겠지, 있어야 할 푸른 초원에서 나는 지금 너무 멀리 와 있는 것은 아닌가, 무디어진 발톱을 세워 보며 일부러 한껏 늘어져 한 방 더 오지게 맞고 싶은 것이다

하여튼 수컷이란!

해당화

오래된 책을 들추다
본다,
책갈피 속에 숨어 있는 나비 한 마리

어둠을 가르며 얼마나 긴 시간 날아왔을까 은빛 가루 다
떨어진 날개, 느닷없는 햇빛에 눈마저 멀었는지 다가가도 꼼
짝하지 않는다 곤히 접은 날개 살며시 집어 올리자 화들짝
나비 아래 숨었던 또 한 마리가 날개를 활짝 펼친다

손바닥에 입술 자국 남기듯 해당화 꽃잎 한 장 올려놓고
간 사랑

얼마나 갔을까

푸른 허공을 향해 빛바랜 나비가 날아오르고 있다

덩굴장미

저 불은 끌 수 없다
차가운 불,

소나기 지나가자 주춤하던 불길 거세게 되살아나 담장을
또 활활 태운다. 잔주름 늘어나는 벽돌담만 녹이면 단숨에
세상을 삼킬 수 있다는 건가, 막무가내로 담장을 오르는 불
살. 한 번도 불붙어 본 적 없는, 마를 대로 마른 장작 같은
몸뚱이 확! 불 질러 놓고 재 한 줌 남기지 않고 스러져도 좋
을 무덤. 큼직한 불꽃이 서로 팔들을 엮고 저들의 등을 밟고
올라선 불꽃들이 또 하나의 일가를 이룬 곳으로 나는 걸어
들어간다. 나에게 불을 다오, 저들의 영토에 내 손을 내미는
순간,

나는 차가운 화상을 입는다
불똥은 땅에 떨어져 꽃으로 자꾸 피어나는데

나는 졸지에 불을 잃는다

2부

하루

(또 하루가 갔다)

머릿속으로 혼잣말하여 본다
난생처음 들어 보는 이국 언어같이 낯선 말, 하루

(하루-)

입속으로 가만히 중얼거려 본다 중얼거리고 보니
미지의 세계 하루 속에서
나는 하루하루 살아가고 있었다

(하루하루-)

다시 입속에서 나직이 중얼거려 본다 중얼거리고 보니
그곳에는 형형색색 나비들
희희낙락거리며 날아오르고 있었다

(하르르하르르……)

나의 하루는 화려한 나비들의 무도회장

제짝이 아닌 조각들을 모아 퍼즐 맞추기를 하듯

아무리 짜 맞추어도 완성되지 않는 오늘 하루

나도 하얀 나비인 양 까불까불 날아다닌 것이다

새에 데어 물집이 생기다

박새 한 마리 배롱나무에 앉아 운다
종이로 유리창 닦는 소리같이 운다
창이 흐려 제짝이 그냥 지나칠까
박박 문질러 닦고 있는 것 같은데
멀리서 메아리처럼 응답이 오더니
이내 떨어진 한 마리가 찾아왔다
창을 들여다보듯 멀찍이 앉았다간
다시 지붕 너머로 휘익 사라진다
장난치고 달아나는 애인 쫓아가듯
박새는 꽁무니 따라 총총히 따라가고
하나 남은 열매를 마저 떨군 것처럼
배롱나무는 한순간 부쩍 늙어 황량한데
새는,
서로 부르는 소리 내(內)에서 살고 있다
소리와 소리가 고리로 사슬 지어 있어
아무리 멀리 떨어져도 다 팔짱이다
두 팔을 꼭 끼고 시방
박새는 복사꽃구경 가는 중인데

나는 가슴 한쪽이 아리고 아리다

어부의 노래

나는 한 번도 어부가 아니었지만
어부의 일을 생업처럼 하고 산다
전날 내린 그물 어부가 꼭두새벽 거두어 오듯
나는 아침에 놓은 통발을 저녁에 건져 올린다
양미리나 도루묵을 그물코에 달고 오지 않아서
어부가 아니지만
하루가 담긴 통발 속을 뒤적거리는 것은
어부의 일이다
해름 속에서 성긴 통발 끌어 올리는 순간
주르르 하루의 시간 물이 빠져나가고
망 안에 남아 있는 잡다한 어획물에서
양식거리 고르는 일은 때로 처연하다
나는 아직도 꽃문어 같은 사랑을 기대하나
대체로는 빈 조가비나 해초가 그득한데
비늘 반짝이는 시어라도 걸리는 날이면
세상에 하나뿐인 요리를 늦도록 궁리한다
통발이 텅텅 비어 쓸쓸할 때는
고사를 지내듯 맑은 소주잔 앞에 놓고

만선을 기원하는 주문도 노래처럼 읊조린다
나는 배를 타고 수평선으로 나가지는 않지만
막막한 지평선 바라보며 세파에 일렁이는 어부다

북방에서 온 전화

새벽에 전화가 왔다
민통선 가까이 북방에 사는 시인
취한 목소리가 끊어졌다 이어졌다 했다
(평소에도 폰이 잘 터지지 않는다고 하더니만)
이 폭염에 어찌 지내느냐고 물었더니
술 찐탕 마시고 들어와 마당에 자리 깔고 누웠지
형! 별이 쫀나게 많아
저것들은 왜 자지도 않고 지랄이야
말이 꼬였다, 잠음 속에 별빛이 묻어 날아왔다
내가 시를 배울 때
술만 먹으면 오밤중이든 꼭두새벽이든 생각나는 대로
모조리 전화를 걸어 대는 시인이 있다는 얘길 듣고는
전화를 거는 사람도
전화를 받는 사람도
모조리 좋겠구나, 부러워했던 적이 있다
외로울 때 외로운 사람 알아보고 불러 준다는 거
경계도 없이 물방울처럼 굴러가 하나 된다는 거
(시인이 되면 꼭 해봐야지 했던 것인데⋯⋯)

새벽 3시에,

뜬금없는 전화에 간신히 든 잠 깼는데도

참! 좋다, 나도 변방에 시인이구나!

왠지 시를 써야만 될 것 같아 책상에 앉는다

전화 한 통이 진짜 시인을 만들기도 하는 새벽이다

호박꽃과 박꽃

이 사람아, 그거 아나
호박과 박이 어떻게 다른지
박 중에 제일 좋은 박이 호박이라고
그건 그냥 웃기는 소리고
꽃 시절부터 달라도 한참 달라
호박꽃은 달큼한 호박 냄새가 나고
박꽃은 벌써 상큼한 박 냄새가 나지
한여름에 보면 확연히 알 수 있어
호박꽃은 햇빛을 먹고 살아서 밤사이
굶주린 새 새끼처럼 웅크리고 있다
아침이 오면
입 쩍 벌리고 햇빛을 사발로 들이켜지
그런데 말이야 박꽃은 그 반대야
해종일 죽은 듯이 늘어져 있다가
밤이 되면
하얀 꽃잎 문어 빨판처럼 활짝 펴고
별빛을 쪽쪽 빨아 먹지
한밤중에 유난히 반짝이는 별이 있으면

박꽃이 빛을 빨아 먹는 중이라 여기게

그래서 호박은 해처럼 불그스레하지만

박은 익으면 별처럼 희푸르스름하지

다 같은 꽃이니까 하는 말이네만

해를 좋아하는 자네는 호박꽃이고

별을 좋아하는 나는 박꽃일세

그거 아나, 이 사람아!

까치 소리

까치 두 마리가 마치 다투는 것 같다

가,가,가
왜,왜,왜

가,가,가,가,가
왜,왜,왜,왜,왜

최상의 말은 가장 단순한 말이라는 듯
단 한 마디 말로 참 많은 말을 하고 있다

까치가 울면 손님이 온다는데 왠지,
한 놈은 오지 말고 가라고 하고
한 놈은 왜 가라 하느냐고 따지는 것 같다

내가 볼 수 없는 곳까지
저들은 훤히 알고 있는 영물이어서
시방 먼 곳에서 누군가가

신발장을 한참 들여다볼 듯도 하고
펼쳐 오던 길을 도로 말아 갈 듯도 하다

하루에도 수십 번이나 정처 없이
길을 떠나는 마음이 내게도 있어
어느 집 문 앞에서 서성거리다가
그예 돌아서는 마음이 지금도 있어
까치 소리 듣는 이가 먼 데도 있을 것인데

온다면, 찾아올 사람이 궁금하다

간다면, 돌아갈 사람이 하 궁금하다

미운 오리새끼

저런, 난감합니다

오리 한 마리 얼음판에 들어섰습니다

서는 순간 미끄덩

서너 발짝 떼다가 미끄덩미끄덩

에라 모르겠다 뒤뚱뒤뚱 뛰어가다가는

찌-익, 찌-익

저러다 가랑이 찢어지게 생겼습니다

연못은 한가운데만 뻥 뚫려 있는데요

물속에다 두고 온 게 있나 봅니다

들어가지도 나가지도 못하고

날개를 퍼덕거려 보아도 헛일입니다

다른 녀석들은 못 밖에 줄지어 서서

꽥꽥 놀려대고 있는데요

어라, 한참을 허둥대던 오리가 수상합니다

발바닥이 간질간질 짜릿짜릿하나 봅니다

저만치 가다가는 되돌아오고

이만치 오다가는 되돌아가고

슬쩍슬쩍 발을 밀어가며 아예 미끄럼 타고 있습니다

꽥꽥 웃어대던 녀석들이 멀뚱히 보고 있는데요

갑자기 온몸이 근질거리고 발은 자꾸 움찔거리고

이거, 내가 지랄 났습니다

정박

항구에 정박 중인 고만고만한 배들 보면
노독을 풀고 있어도 다 푸는 것이 아니다

뱃머리를
부두 쪽으로 두고 있는 배는
종일 밭을 갈고 돌아와 외양간에서
느릿느릿 여물을 먹는 어미 소 같은데

뱃머리가
바다 쪽으로 향해 있는 배는
꽃마차를 뒤에 달고 나무 그늘서
발 동동거리며 풀 먹는 조랑말 같다

나도 세파와 싸우는 한 척의 배라
종일토록 흔적 없는 물이랑 일구다
저녁이면 돌아와 정박도 하는데

베갯머리가 경포 바다 쪽으로 향해 있다

구룡포 달인

할머니가 바람 보러 간다

허름한 단층 슬래브 집 모퉁이
사십 년을 꼬박꼬박 오르내린 계단도 늙었다
백발 같은 국숫발이 빼곡히 널려 있는 옥상
난간에 서서 바람 깊숙이 손을 집어넣는다
눈을 지그시 감은 채 엄지와 검지로
바람 속살을 살살 비비며 만지작거린다
풍향에 따른 염도를 재는 것이다
밀가루 반죽하기 전에 반드시 치르는 의식인데

— 오늘은 제일 좋은 북동풍이여, 소금은 두 종지면 돼야
— 해풍에 말린 국수는 잘 불지도 않고, 삶으면 물도 맑아

생활의 달인이 손끝으로 귀신같이 국수 간을 맞춘다

온다는 것

진눈깨비가 안개비처럼 온다

처마에서 띄엄띄엄 지시랑물 떨어지고

장독대는 소금 푸다 흘린 듯 희끗희끗하다

오랫동안 바싹 마른 몸들이 촉촉하여진다

온다는 것은 이렇게 생기가 돌게 하는구나

비가 오든, 눈이 오든

온다는 말은 이렇게 몸을 일으켜 세우게 하는구나

분별하기 어려운 미세한 입자들 보고 있자니

이제는 내 안으로도 온다

다시는 돌아오지 않겠다고 멀리 떠난 것들이

다시는 돌아오지 말라 하고 아주 보낸 것들이

곱게 빻은 뼛가루를 뿌리듯이 온다

온전한 몸으로는 올 수도, 볼 수도 없으려니

비인 듯 눈인 듯

아슴푸레 와서 그냥 젖으니 좋다

요렇게만 오신다면

밤새 쌓여 허리가 푹푹 빠져도 얼지는 않겠다

등대

등대는,
등(燈)의 대(臺)고
통통배가 모여 사는 집
연기 마른 굴뚝이고
사방 기어 다니던 아이가
마침내 찾아오는
엄마 젖꼭지 같은 거지만

어디에도 기댈 데가 없는
외롭고 지친 두 등이
서로 등을 맞대고 앉아
깜박깜박 졸고 있듯

망망대해 어로에 지친 불빛이
방파제 끝 외로운 불빛에
등을 대고, 서로 등 대고
잠깐잠깐 숨을 고르기도 하는 거다

추서(秋書)

```
ㄱㄴㄱㄴㄱㄴㄱㄴㄱㄴㄱㄴㄱㄴ
ㄱㄴㄱㄴㄱㄴㄱㄴㄱㄴㄱㄴㄱㄴ
ㄱㄴㄱㄴㄱㄴㄱㄴㄱㄴㄱㄴㄱㄴ
ㄱㄴㄱㄴㄱㄴㄱㄴㄱㄴㄱㄴㄱㄴ
ㄱㄴㄱㄴㄱㄴㄱㄴㄱㄴㄱㄴㄱㄴ
ㄱㄴㄱㄴㄱㄴㄱㄴㄱㄴㄱㄴㄱㄴ
ㄱㄴㄱㄴㄱㄴㄱㄴㄱㄴㄱㄴ?
```

이것은 간신히 모음만 터득한
촌놈의 글이다

이것은 거역할 줄 모르는
순종의 말이다

아무리 속여도 속는 줄 모르는
이 땅의 언어다

비릿한 울분의 혈서다

도대체 이 난해한 문장을 어떻게 읽지?
왜가리가 골똘하다

저녁 새

혼자 사는 새도 있는가

한 마리 새가
엄나무에 앉았다가
추락하듯 땅에 내렸다가
먹이를 물고 잠시 망설이다가

꿀꺽!

삼킨다

말을 잃었는가
부를 이름이 없는가
한 번도 울지 않는 새가

목이 메는지
몇 번 고개를 주억거리며
때늦은 저녁을 해결하고 있는데

먹이를 입에 문 채

머뭇머뭇하는 저 순간이 하루 같다

눈먼 사랑

누가 있어 나를 바라보려거든
순광으로 보지 말고
역광으로 부디 보라

꽃이, 잎이
정말로 아름다울 때는
빛이 몸을 통과하고 난 후이니

몸속의 뼈와 내장까지
맑은 물속처럼 훤히 보일 때이니

덕지덕지 쌓인 껍질 다 벗겨 버리고
내 몸에도 순한 빛이 통과할 때

누가 있어 나를 바라보려거든
그럴 때 하염없이 바라보라

빗소리에 대한 오해

스스로 움직이지 못하는 것들은
스스로 소리 내어 울지도 못한다

누군가 탕탕 제 몸을 때려 주어야
그때야 비로소 쌓인 울음 쏟아 낸다

빗방울이 호두나무를 두들긴다
나뭇잎이 훌쩍훌쩍 소리 내어 운다

빗방울이 지붕을 마구 때린다
기왓장이 꺼이꺼이 목 놓아 운다

뒤란에선 깡통이 엉엉 울어 댄다

먼 데서 벙어리 길손이 마실에 찾아와
오도 가도 못하는 것들 울음보 터뜨렸다

등이 아름답고 싶다

등에도 표정이 있어
앞서가는 등을 쳐다보고 걷는 것은
즐겁고도 슬픈 일이다

한껏 부푼 어깨에
석류처럼 알알이 웃음 밴 등을 보면
괜스레 군침이 돌기도 하지만

축 처진 어깨에
속이 텅텅 빈 게딱지 같은 등을 바라보면
울컥, 치밀어 오르는 것이 있다

얼굴은
마음의 근육이어서
굳었다 풀어졌다 변덕스럽지만

등은
마음의 골격이어서

집 나설 때 표정이 고스란히 있다

3부

얼굴

사월 구일 벚꽃이 왔다 십구일 돌아간다

올 때는 몸 속 길로 함께 왔다
갈 때는 몸 밖 길로 따로 간다

벚꽃의 한 삶을 무어라 해야 하나
열흘을 백 년같이 살고 간다 해야 하나
백 년을 열흘같이 살고 간다 해야 하나

미련이 없는 듯 쏜살같이 사라지거나
회한이 많은 듯 느릿느릿 떨어지거나
활짝 피어 본 생도 가는 뒷모습이 다 다르다

박하사탕처럼 화-아 하던 나무 밑이 심심해지는데

모든 떠나가는 길은
다시 돌아오는 길이기도 하는지

몸 밖 길로 이 세상에 왔다가
몸 속 길로 저 세상에 돌아간

일찍 저 버린 얼굴들이
가신 꽃자리에 듬성듬성 피어난다

물방울같이

그냥 물도 좋지만
물방울같이

겉도 없고
속도 없고

말랑한 몸이 투명한 말인
물방울같이

토란이나 연잎이나
살아도 푸른 세계에서나

굴러온 흔적 없이 살아온
살아온 흔적 없이 굴러온

물방울같이

가도 낮은 데로, 낮은 데로만

또르르 달려가 기꺼이 네가 되는

너 속에 더 큰 내가 되어 반짝이는

모과

아버지는 부채(負債)를 부채인 양
월세방에 내팽개치곤 여름 내내 소식이 없었다

미닫이문으로 칸을 질러 놓은 건넛방에서
젊은 여자는 악다구니를 치고
어머니는 그저 미안하다고만 하시고
씨발년아 빨리 우리 돈 내놔!
어린 머슴애 앙칼진 소리가 뒤통수를 후려쳤다

나는 책상 앞에 식물인간처럼 앉아
처음으로 알았던 열일곱 또래 여자아이가 건네준
타조 알만 한 모과 바라보고 있었는데

검정 사인펜으로 굵직하게
'노력'
문신처럼 새겨 놓은 두 글자가 선명하였다

대화

눈발 날리는 저녁
할아버지와 할머니가 칼국수를 들고 있습니다

......

......

장에 갔다 왔는가?

......

......

왜, 티 나우?

......

......

두 분 머리 위에 어느덧 하얗게 눈이 쌓였습니다

모과 2

저 얼굴에 무슨 글자를 써야만 될 것 같다

열일곱,
아주 간신히 세 끼를 해결하던 시절
쓰고 싶은 그 많은 말 중에
'노력'
오로지 하나만 짙게 써 놓고 바라보면서
나는 겨우 궁핍의 긴 터널을 빠져나왔다

쉰다섯,
빠져나왔다고 생각했는데 돌아보니
궁핍만 나가고
나는 도리어 긴 터널로 남아 있다

이제 또 노력이라 쓰는 것은 가당찮고
'사랑'
이라고 써 놓으면 침침한 굴 안이 밝아지겠는가

검은 문신이 박힌 노란 얼굴 등불 삼아

암울한 청춘의 벽을 더듬어 나왔듯이

다시 저 얼굴에 무슨 글자를 써야만 될 것 같다

거진댁

사십 년을 목구멍이 헐도록 삼킨 눈물이 굳어
여자는 막돌이 되었다

하나 남은 어린 자식마저 생이별하고는 마침내
돌부처가 되었다

돌상이
처음으로 소리 없이 울고 있다

하염없이 하염없이 녹아내리고 있다

저 단단한 돌이 다 허물어지면
큰물이 휩쓸고 지나간 무명 절터가 남으리라

눈물

엄마는,
눈 안에 눈사람

여린 입김에도
사르르 사라지는 첫눈으로 빚은 몸

엄~마~
하고, 부르기만 해도 이내 녹아

주르르 볼을 타고 눈사람이 흘러내린다

물철쭉

뻥대보다 오르기 가파른 사랑 데리고
정선 골짜구니에 들어섰었네

외길이 외줄 같아, 어름사니 쳐다보듯
철쭉은 개울가에 늘어서서 숨죽이고 있었네

이제는 위태한 밧줄에서 내려서야 하는데
뾰로통 토라진 철없는 얼굴은
뾰족한 바위에 기대어 서 있고

나는 애써 너럭바위에 앉아서는
물길이 가닿는 끝자락을 헤아려 보다가

철쭉 한 송이 몰래 물에 띄워 보냈던 것인데

꽃길은 멀고도 험난해
가다가다 힘이 다하면 어느
산허리 잡고 눌러살지도 모를 일이지만

집 앞으로 흐르는 남대천에서

떠내려오는 꽃송이 다시 따는 기적이 오면

그땐, 눈 감고 귀 막고 기필코 너를

다시 찾아가리라 다짐했던 날이 있었네

강물

그러고 보니
나는 행운을 나누어 준 사람

네 잎 클로버를 찾아서
온 강둑을 헤매고 다녔지
뿌리째 뽑아 곱게 펴 책갈피에 끼우고
손꼽아 반년을 기다렸지

몇 날을 궁리하여 만든 크리스마스카드
볼우물이 예쁜 그 애에게
나의 행운 몽땅 담아 보내주었지

화단에서 네 잎 클로버를 찾는 아이들아
함께 찾다가 내가 금방 시들해지는 것은

나는 나를 위해
행운을 찾아본 적이 없는 사람

로댕

불빛을 끄면 나는 사라진다
어둠이 된다
어둠의 몸에 박힌 검은 돌덩이가 된다

햇빛이 꺼져도
사라질 것이다
어둠의 돌밭에 뒹구는 하나의 돌이 될 것이다

나는 빛이 깎아 세운 조각상

'생각하는 사람'처럼
아예 생각이 없으면
세상에 유일한 조각상이 될 터인데

낡은 의자에 턱 괴고 앉아
오만 생각이 웃자라
나는 세상에 흔하디 흔한 석상이 된다

부연동에서 침몰하다

부연동 가마소 너럭바위에서 잠이 들었다

소(沼)에 떠 있는 종이배처럼 아늑하게 누워
어디로 가나 뭉실뭉실 떠가는 구름길을 생각하다
물의 다급한 비명 들은 것도 같은데
물과 함께 아득히 벼랑으로 떨어졌던가

눈을 떴다
여기는 심해의 밑바다
수면에 둥둥 떠도는 수많은 얼음덩이
나는 가라앉은 한 척의 목선이다
조각배로 표류하다
거대한 빙산 들이받고 침몰한 거다

제 몸보다 커다란 지느러미 파닥거리며
아름드리 수초 속으로 숨어드는 희귀어종들
살랑살랑 뱃머리를 흔들어 보는 여린 조류,
사이사이로 빛줄기가 아스라이 가물거린다

바닥에서

이렇게 썩어가도 좋겠구나

마음대로 부릴 수도 없는 짐을 싣고

바동거리지 않아도 되는 이 느긋함

물밑에서 비로소 느끼는 황홀한 자유

기억하지 마라

빈 쪽배의 실종을 오래 수색하지도 마라

이제는 조난당한 목선이 아니다

나는 주먹돌을 주워 배 위에 올려놓는다

허수아비

나여,
나를 떠나가서 어디선가 배회하고 있을
나여, 돌아오라

나이면서도 나를 철저히 거부했던
너무 오래 떨어져 있어 어색해진
너여, 아니 나여

그간의 하고많은 불륜일랑 당당하게 잊고
처음인 듯 찾아오라 치매 걸린 환자처럼

나는 유일한 집인 몸뚱이를 지키느라 고단했고
너는 어찌할 수 없는 역마살에 정처 없었으리니

이제는 낡아 삐걱대는 집일망정 거처로 삼고
외로움도 끼니인 양 허기야 달래면 안 되겠나

네가 없어 텅 빈 방에 초조와 불안이 쌓여

어느새 출처도 없는 세간처럼 널브러졌으니

낯선 처마 밑 쪽잠일랑 보란 듯이 청산하고
나여 돌아오라, 고풍스럽게 문패도 걸어 보자

주인

비로소 주인이 되었다

단 한 번
주인이 되어 본 적이 없었으니

애인이 문자를 보내오면
전우회에 나가던 걸음을 슬그머니 U턴하여 돌아왔고
친구가 전화를 걸어오면
푹 쉬고 싶은 마음도 꿀꺽 삼키고 터덜터덜 나갔으니

나의 그림자만 그간 동분서주하였다

나는 나의 주인이 되어
애인이 전화를 걸어오면 가기로 했던 전우회로 직진하여
갔고
친구가 문자를 보내오면 쉬고 싶은 마음을 불쑥 내밀어 보
였다

회사 주인은 사원들을 거느리고

건물 주인은 세입자를 거느리고

식당 주인은 종업원을 거느리고

주인이 되면 밑으로 줄줄이 딸리는 게 많아지는데

나는 혼자가 되어 아주 간신히 주인이 되었다

벚꽃 축제

저 꽃길 모퉁이를 돌아서면
말없음표처럼 점점이 떨어지던 꽃잎 아래
나 혼자 세워 두고
선보러 갔다 돌아오지 않은 옛사랑이라도
우연처럼 서 있었으면

그러면
꽃잎을 하나하나 따서라도
융단 같은 길을 길게 내어 주고 싶은

그런 날

밀려왔던 파도가
모래 속으로 사르르 스며들 듯
서러운 그 무엇이
마음속 모래톱을 흥건히 적시다
또 으스스 빠져 나간다

단시(短詩)

1. 음식

너른 벌판에 서면 벌판이 나를 토해 놓은 것 같다
나는 벌판에 맞는 음식이 아닌가 보다

골목에 들어서면 골목은 나를 덥석덥석 받아먹는다
나는 골목의 입맛에 맞는 음식인가 보다

2. 대문

"이곳은 스님이 수행하는 공간입니다.
일반인들은 출입을 금합니다."

바짝 마른 대나무 작대기 하나 걸쳐져 있다

3. 벚꽃

파란 호숫가에

몽글몽글한 개구리 알이 무더기로 슬어 있다

그리 머지않아

대가리 새까만 올챙이가 바글바글하겠다

4. 숫눈

발자국이 선명하게 보이니 부끄럽다

저 욕조에 발가벗은 내가 들어 있다

4부

제비붓꽃

토요일 오후
작은 시골학교에서 우리는 마땅히 갈 곳이 없었다

너는 음악실에서
건반 같은 하얀 손으로 쇼팽이나 더듬거리고
나는 밭두렁에서
감미로운 선율에 홀려 한 움큼 붓꽃을 꺾었다

투명한 유리컵에 담아
피아노 위에 슬그머니 올려놓고 돌아서면

너는 아무 일 없는 듯이 악보만 보고 있고
나는 해야 할 일을 다한 듯이 문을 닫는데

텅 빈 교실 가득 보라색이 일렁거렸다

사월

남자는 분명하게 '가난'이라 하였는데
대학물까지 먹은 여자는 한사코

'난, 가'
또박또박 띄어서 그것도 거꾸로 말하고 있었다

남자의 들숨에
호수가 통째로 빨려 들어갔다, 날숨에
오리 떼가 후드득 쏟아져 나왔다

하얀 긴 치마를 입은 여자는
꽃잎처럼 하늘하늘 멀어져 갔고

얼굴이 새카맣게 탄 남자는
벚나무처럼 멀뚱히 서 있었다

스스로 치는 점

단 한 번도
점을 쳐 본 적이 없었으니

사는 게 꿈결 같을 땐 점집을 찾아가듯
포장마차에 앉아 스스로 점을 쳐 보네

(여자로 인해 흥하거나, 여자로 인해 망하느니
여자를 금같이 보거나, 여자를 돌같이 보라)

혼자 쳐 보는 점이라도 한심한 점괘네
어쩌다가 나의 운명이 여자 손에 쥐어져 있는지

오엑스 문제처럼 쉽고도 어려운
절반의 성공과 절반의 실패인 선택

함부로 나아갈 수도, 섣불리 물러설 수도 없는
진퇴양난의 점괘가 담긴 술잔 들여다보고 있으면
멋모르고 한 말이 운명이 되기도 함을 알겠네

어렸을 때 누가 꿈을 물으면 나는 입버릇처럼

이쁜 색시와 그림 같은 집을 짓고 사는 거라 했네

나의 사계(四季)

1. 봄

흰나비를 쫓아다녔다

잡아서 무얼 하겠다는 생각도 없이 그냥 쫓아다녔다

나비는 어디에 어떻게 앉아 있어도 예뻤다

벤치에 홀로 날개를 접고 있어도

잔디밭에 손수건처럼 활짝 날개를 펴고 있어도

다 예뻤다

보기엔 쉽게 손안에 넣을 수 있을 것 같아도

한자리에 오래 있지 않거나 무시로 길을 바꾸어

잡을 듯 잡을 듯, 손끝의 긴장만 생생할 뿐

아지랑이처럼 가물가물한 옛일이어서

나비를 제대로 잡긴 잡았던가!

햇살은 따사했고, 그때는 봄이었다

2. 여름

반딧불을 쫓아다녔다

스스로 불을 밝혀 어둠을 뚫고 나가는 것들이 좋았다

낮에는 흐릿하던 눈빛이 어두워지면 반짝거렸다

호박꽃 속에 가두기만 하면 꿈꾸던 등불이 되리

별똥별처럼 홀연 나타날 파란 불꽃을 기다리며

밤이 좋았다

하지만 싱싱한 호박꽃이 시들어 가도

저 홀로 빛을 발하는 것은 어디에도 보이지 않고

더 환한 불빛 속으로 날아드는 불나방이 바글거렸다

없는 반딧불 찾아,

늦도록 남루한 난닝구만 벗어 흔들고 다녔으니

꽃 등불로 무얼 비추어 보려 했던가!

아스팔트는 지글거렸고, 그때는 여름이었다

3. 가을

더 이상 잠자리를 쫓아다니지 않는다

오래 쫓아다니다

제자리서 기다리는 법을 배우게 되었다

잡으려 하지 않으면 도망가지도 않는다는 걸

가만히 있으면 죽지에 왔다가는 저 가고 싶을 때 간다

마치 내가 잡혔다 풀려나는 것처럼 조마조마하지만

쫓아다니기보다 조용히 앉아서

기다리는 게 좋다

기다리다 보면 눈도 맑아지고 귀도 밝아지리니

무엇을 더 보고

무엇을 더 들을 것인가!

팔뚝이 오슬오슬하고, 지금은 가을이다

4. 겨울

-미지의 계절에게-

느린 우체국에서도 부치지 못할

이십 년 후에 받아 볼 편지를 쓴다

훗날의 약속은 대체로 야속이 된다는 걸 알기에

어떤 계획도 어떤 다짐도 하지 않는다

다가올 계절이

지나간 수많은 겨울과 별반 다르지 않다면

나비와 반딧불과 잠자리가 없다는 것은 분명하리

다만, 기다림에 익숙해진 늙은 나목이

무엇을 기다리는 줄도 모르고 먼 곳 바라보고 있으리

마른 몸에는 돋을 새 움도 숨죽여 있을 것인가!

쌓인 눈이 천천히 녹을 것이고, 그때 겨울도 끝날 것이다.

추석

스무 살 아들과 쉰 살 아버지가
팔씨름을 했다

야간 자율학습만 하던 허연 팔뚝이
노가다 판에서 그을린 검은 팔뚝과

백 미터를 달려온 주자가
백 미터를 달려갈 주자에게
손바닥을 쳐주듯, 두 손이 맞부딪쳤다

아들은 이기고도 진 것 같았고
아버지는 지고도 이긴 것 같았다

마치 배턴을 넘겨준 선수가
가쁜 숨을 몰아쉬며 알 수 없는 미소를 짓듯
웃으셨다

그날 이후,

아들은 아버지가 되어 갔고
아버지는 아들이 되어 갔다

철없는 아들은 오로지 늙어 가기만 했고
아버지는 점점 더 어려지더니 마침내,
만삭의 엄마 뱃속으로 다시 들어가듯

가셨다

부전나비

새끼손톱만 한 나비가
날개를 돛처럼 세우고 앉아 있다
(어쩌면 어린 것은 이렇게 다 이쁘냐)
시원찮은 무릎도 약간 굽히고
위험한 손은 뒷짐으로 숨기고
뒤꿈치를 들었다 놓았다 다가간다
(어쭈! 도망가지도 않네)
쪼끄만 개망초 앞에 쪼그려 앉아서
손끝으로 살짝 건드려 본다
날개를 슬쩍 밀어 본다
(어라! 요놈 봐라)
슬쩍슬쩍 연달아 밀어 본다
……
젖꼭지를 물고 잠이 든 아이처럼
노란 꽃술에 코를 박고 자고 있다
세상에나 날이 이렇게 훤히 밝았는데도

무거운 빵

추석 선물이라며 아들이 손수 만든 빵을 가지고 왔다
유기농 재료로 몸에 좋은 특화된 빵을 만든다고 했다
녀석이 잠시 자리를 비운 사이
아내는 한 조각을 떼어 먹으며 '눈물의 빵'이라고 한다
지놈을 대학 보낼 때 빵 장사하라고 보냈느냐며 구시렁댄다
그게 뭐 어때서… 맛있기만 하구만…
취직하느니 차라리 회사를 차리는 게 더 쉽다는 요즘,
오죽했으면 제과점에서 알바까지 하며 기술을 배우겠나
녀석의 심정이 복사되어 겹쳐지면서 마음이 복잡하다
아내는 다 큰 아들 손을 붙잡고 만지작거리며
손바닥이 자기보다도 더 거칠어졌다며 안쓰러워하고
아들은 저가 좋아서 하는 거라며 씨-익 웃지만
장사라는 게 어디 그리 만만한 일이던가
꿈은 빵처럼 부풀어 있지만,
누르면 쉽게 쑥 들어가는 것도 빵이란 걸 알고나 있는지
세상에는 이렇게 무거운 빵도 있어
두 손으로 받쳐 들고 천천히 오래오래 씹어 먹는다

석류

종이 되지 못한 종이 달려 있다

몸통은 다 만들어 놓고
소리가 울며 나갈 주둥이는 봉해 놓은 채
장인(匠人)은 종적을 감추었다

풍경이었을까
요령이었을까
그 보담 더 서러운 소리였을까

종은,
종이 되는 순간부터 울고 싶은 거여서

울어도, 울어도
몸 안에서만 울리어
핏줄이 터져 온몸이 붉어진

드디어 종이 제 몸을 깼다

굳어진 소리가 사리처럼 쏟아진다

몸 꿈

몸이 눕고 싶다고 하여
이불 속에 쭉 펴서 눕혔더니
내가 편안하다

몸이 하자는 대로 따라 하니
이렇게 좋다

그러고 보니 몸의 꿈은
등짝을 바닥에 착 붙이는 것이었고
나의 꿈은
등짝을 떼어 일으켜 세우는 것이었구나

정반대의 꿈을 따로 꾸며
마치 금실 좋은 부부처럼 꼭 붙어 다녔으니
몸도, 나도
그간 말은 없어도 꽤나 서로 피곤했겠다

몸이 하자는 대로 순순히 따라 하니

이렇게 한순간 아득해지는 걸 보니

아무리 기를 쓰고 쫓아도

내 꿈은 이루기 어렵겠다

몸 꿈은 기필코 이루어지겠다

가을볕

대봉감나무 밑에 여러 날 서 있었다
처음엔 주정뱅이처럼 코끝만 발개지더니
점 점 점 온 얼굴이 붉어졌다
코도 허물어지고 눈도 파묻히고
얼굴이 오롯이 온몸이 되었다
표정이 사라지고 맑은 몸만 남았다
이목구비가 없으니 마냥 평온하다
그냥 그윽하다

감이 익는다는 건
햇볕이 몸 안에 꽉 찼다는 것
따가운 말씀에 한 소식 했다는 것
볕을 쬐는 것만으로도 깨달음이 온다면
가을볕은 좀 쬐면서 살아야겠다

주름

못 보던 주름이 생겼다

세로로 굵은 두 줄이 미간에 생겼다

도둑고양이처럼 면상이 사나워졌다

세상 향해 눈 크게 뜨고 멀리 보자 하였는데

언제부터인가 코앞을 실눈으로 보아 온 탓이다

맑은 눈을 잃은 탓이다

느린 강물의 시간이 등줄기서 맴돌던 때가 있었으나

어느새 유속 빨라져 정수리서 쌍폭으로 떨어졌었나

삭막한 이마 절벽에 시간의 물길 또렷이 파여 있다

구두 밥

늙은 구두에게 밥을 먹인다
미음을 후후 불어 아이 입에 넣어 주듯
느리게 천천히 정성을 다해 떠먹인다
몇 끼를 굶었는지 꾀죄죄한 몰골은
자식이 있어도 돌보지 않는 독거노인 같다
주름이 자글자글한 저 누추한 몸으로 오늘도
무거운 육신을 업고 험한 길을 돌고 돌았으니
꼬꾸라질 만도 하겠다, 엎어진 몸을 바로 세우고
한 손으로 부축해 가며 한껏 밥을 먹인다
밥심으로 사는 거야 어디 서민뿐이랴
금방 생기가 돌더니 안색이 살아난다
딴딴하던 근육도 어느새 물렁하게 풀어지고
단단하던 골격도 닳아 체고가 자꾸 줄어들지만
배가 부르자 습관처럼 구두는,
어디든 다시 가자고 땀 밴 등을 내민다
- 밥이 약인 기라 마이 먹고 얼른 일어나야재
나는 밥을 약처럼 먹었는데
구두는 약을 밥처럼 먹는다

잠자리와 과꽃 사이

잠자리가 앉았을 뿐인데
죽었던 꽃이 살아났다

잠자리가 날았을 뿐인데
살아났던 꽃이 죽었다

십일월 초하루,
꺼져 가는 목숨에 숨결을 불어 넣듯 잠자리가

메마른 꽃술에 입술 대었다 떼었다 하는 사이
마당가에 과꽃이 피어났다 시들었다 하는 사이

산수유

제 손으로는

제 살 집

문짝 하나

달 줄 몰라

노란 산수유가

일꾼을 불렀다

한 차 가득 싣고 왔나

낡은 봉고차 담장 옆에 서 있다

해 중에는 끝내야 한다고

웅성! 웅성! 웅성!

산수유나무 밑이 소란하다

한눈 한번 팔지 않고

손발 부르트게 일했으니

저 일꾼들, 품삯으로

좁쌀깨나 받아 가겠다

저녁상 물리고 나면

구수한 조밥 숭늉도 마시겠다

꽃이 머잖아 들어가 살

붉은 토담집

일벌이 끙끙대며 짓고 있다

추일서경

벌건 대낮 인도 한가운데서 젊은 연인이 부둥켜안고 연신 뽀뽀를 하고 있다. 연시같이 말간 저들 얼굴엔 내일이란 없다. 오늘이 전부다.

버스정류장에서 커다란 책가방을 들고 남학생과 여학생이 멀찍이 떨어져 앉아 있다. 푸르딩딩한 모과 같은 저들 얼굴엔 오늘이란 없다. 내일이 전부다.

인도와 정류장 중간에 어정쩡하게 서서 이순을 바라보는 사내가 숙취 해소 드링크를 들고 있다. 늙은 호박같이 푸석한 얼굴엔 오늘도 내일도 없다. 어제가 전부다.

반달

제자리에 가만히 있다는 것은
반대로 가만히 갔다는 것이다

구름이 가니
반달이 간다

나에게서 멀어져 간 너만큼
꼭, 그만큼
너에게서 나도 멀어졌으니

아련히 등을 지우며 떠나간 모든 것들아
미안하다
나는 제자리에서 비굴하게도 뒷걸음쳤다

시 쓰기와 주인 되기

이홍섭 (시인, 문학평론가)

1

시의 언어는 산문의 언어와는 확연히 다른 묘한 힘이 있다. 이 묘한 힘에 매료된, 더 나아가 '들린' 자가 시인이다. 이 들림의 상태를 두고 시마(詩魔)가 왔다고 표현하기도 한다.

시의 언어가 지닌 묘한 힘 중의 하나가 자꾸만 '주인'을 호명한다는 점이다. 지금 내 앞에 서 있는 이 나무의 주인은 누구인가, 지금 지나가는 이 바람의 주인은 누구인가, 저 밤하늘에 반짝이는 별의 주인은 누구인가 묻고 또 묻게 만든다. 물론 가장 불꽃이 튀는 순간은 시를 쓰는 주체, 즉 시인 자신의 주인은 누구냐고 물을 때이다.

그런 면에서 시의 언어는 선(禪)의 언어와 비슷한 점이 많고, 시인 역시 선승(禪僧)의 면모와 닮은 점이 많다. 당나라 때의 한 선승은 '주인공'이라는 말을 밥 먹듯이 했다. 스님은 앉으나 서나 크게 소리 내어 "어이, 주인공!"하고 부르고는, 스스로 "네!"라고 대답하곤 했다. 그리고는 "깨어 있어!" "네!" "앞으로도 속지 말어!" "네!"라는 자문자답을 되풀이하였다. 스님은 이 자문자답을 통해 높은 경지에 올랐다. "가는 곳마다 주인이 되면 있는 곳마다 진리의 세계"라는 유명한 금언을 남긴 임제 스님이나, "주인공아, 내 말을 들어라"라는 구절이 들어 있는 명문 「자경문」을 남긴 야운 스님 등도 이 '주인 놀이'의 대가들이다.

주인 놀이의 자문자답은 '일상적 자아'와 '본질적 자아'의 대화라 할 수 있다. 일상적 자아는 드러나 있기 때문에 금세 알 수 있지만, 본질적 자아는 깊이 묻혀 있기 때문에 쉽게 드러나지 않는다. 우리의 삶은 이 두 자아가 끊임없이 부딪히며 나아가는 여행과 같다. 시의 언어는 이 대화를 밀도 높게 만드는 힘이 있다. 시의 깊은 방황은, 시인의 덧없는 떠돎은 여기에서 기인하는지도 모른다.

언어의 순정함을 그대로 간직하고 있는 김영삼 시인의 첫 시집은, 그 무엇보다 이 '주인 찾기'의 여정이 도드라진다. 아래 두 편의 시는 이 고단한 주인 찾기의 여정을 직접적으로 드러낸 작품이다.

나여,

나를 떠나가서 어디선가 배회하고 있을

나여, 돌아오라

나이면서도 나를 철저히 거부했던

너무 오래 떨어져 있어 어색해진

너여, 아니 나여

(중략)

네가 없어 텅 빈 방에 초조와 불안이 쌓여

어느새 출처도 없는 세간처럼 널브러졌으니

낯선 처마 밑 쪽잠일랑 보란 듯이 청산하고

나여 돌아오라, 고풍스럽게 문패도 걸어보자

                              −「허수아비」부분

나의 그림자만 그간 동분서주하였다

나는 나의 주인이 되어

  애인이 전화를 걸어오면 가기로 했던 전우회로 직진하여

갔고

  친구가 문자를 보내오면 쉬고 싶은 마음을 불쑥 내밀어 보

였다

  회사 주인은 사원들을 거느리고

  건물 주인은 세입자를 거느리고

식당 주인은 종업원을 거느리고

주인이 되면 밑으로 줄줄이 딸리는 게 많아지는데

나는 혼자가 되어 아주 간신히 주인이 되었다

- 「주인」 부분

시인은 앞의 시 「허수아비」에서 "나를 떠나가서 어디선가 배회하고 있을" 나를 간절하게 부른다. 나를 떠난 나는 "낯선 처마 밑 쪽잠"을 자며 "어디선가 배회하고" 있는 존재이다. 시인은 이 떠도는 존재가 돌아오지 않는 이상 나는 진정한 주인이 될 수 없다고 말한다. 이 떠도는 존재가 돌아오지 않는 이상 나는 영원히 '허수아비'로 남아 있을 수밖에 없다.

뒤의 시 「주인」은 "간신히 주인"이 된 과정을 일상생활의 예를 들어 진솔하고도 담백하게 그려 낸 작품이다. 시인은 그동안의 삶이 "그림자만" "동분서주하였다"라고 고백한 뒤 스스로가 "나의 주인"이 되어 일상의 세목들을 결정하자 "간신히 주인"이 될 수 있었다고 말한다. 이 시는 일상에서 이러한 주인 되기가 쉽지 않음을 잘 보여준다. "혼자가 되어 아주 간신히 주인이 되었다"라는 고백은 이 어려움을 여실히 입증한다.

2

청유형으로 이루어진 「허수아비」에서 비감한 평서형으로 이루어진 「주인」까지 걸린 거리와 시간은, 시인이 첫 시집에 담고 있는 삶의 내력이자 시의 이력이라 할 수 있다. 단일한 소재를 거듭 시로 승화시키고 있는 아래 작품들은 이 거리와 시간의 두께를 느끼게 해준다.

아버지는 부채(負債)를 부채인 양
월세방에 내팽개치곤 여름 내내 소식이 없었다

미닫이문으로 칸을 질러 놓은 건넛방에서
젊은 여자는 악다구니를 치고
어머니는 그저 미안하다고만 하시고
씨발년아 빨리 우리 돈 내놔!
어린 머슴애 앙칼진 소리가 뒤통수를 후려쳤다

나는 책상 앞에 식물인간처럼 앉아
처음으로 알았던 열일곱 또래 여자아이가 건네준
타조 알만 한 모과 바라보고 있었는데

검정 사인펜으로 굵직하게
'노력'

문신처럼 새겨 놓은 두 글자가 선명하였다

- 「모과」 전문

쉰다섯,

빠져나왔다고 생각했는데 돌아보니

궁핍만 나가고

나는 도리어 긴 터널로 남아 있다

이제 또 노력이라 쓰는 것은 가당찮고

'사랑'

이라고 써 놓으면 침침한 굴 안이 밝아지겠는가

검은 문신이 박힌 노란 얼굴 등불 삼아

암울한 청춘의 벽을 더듬어 나왔듯이

다시 저 얼굴에 무슨 글자를 써야만 될 것 같다

- 「모과 2」 부분

    시인에게 모과는 성장의 표징과 같은 것이다. 사춘기 시절, 또래의 여자아이에게 받은 모과에 '노력'이라는 글자를 새겨 넣으며 가난으로 점철된 궁핍을 통과해 온 시인은 "다시 저 얼굴에 무슨 글자를 써야만 될 것" 같은 마음으로 시간을 견

더왔다.

　이번 시집에 실린 여러 편의 시들은 그 견딤의 많은 시간들을 어머니와 함께했음을 알게 해준다. 「오동나무- 어머니」, 「눈물」 등의 작품이 그러하다. 반면 아버지는 「모과」에서처럼 부재중이거나, 「추석」에서처럼 "아들이 되어"가는 존재로 등장한다. 시인이 부재중인 아버지와 인고의 세월을 보내는 어머니 사이에서 "책상 앞에 식물인간처럼 앉아" 어린 시절을 보냈음을 알게 해준다.

　시인이 「모과 2」에서 "이제 또 노력이라 쓰는 것은 가당찮고/ '사랑'/ 이라고 써 놓으면 침침한 굴 안이 밝아지겠는가"라고 노래한 것처럼, 성인이 된 이후의 삶에 대한 내력들은 주로 연시(戀詩)의 형식을 통해 나타난다.

　　뼁대보다 오르기 가파른 사랑 데리고
　　정선 골짜구니에 들어섰었네

　　(중략)

　　나는 애써 너럭바위에 앉아서는
　　물길이 가닿는 끝자락을 헤아려 보다가

　　철쭉 한 송이 몰래 물에 띄워 보냈던 것인데

꽃길은 멀고도 험난해

가다가다 힘이 다하면 어느

산허리 잡고 눌러살지도 모를 일이지만

집 앞으로 흐르는 남대천에서

떠내려오는 꽃송이 다시 따는 기적이 오면

그땐, 눈 감고 귀 막고 기필코 너를

다시 찾아가리라 다짐했던 날이 있었네

— 「물철쭉」 부분

내 사랑

새처럼 자유로워 가까이 다가갈 수도

오래 곁에 둘 수도 없으니

날아다니다 맘껏 날아다니다

날개 쉴 곳 찾으면 한눈에 보이게

호젓하니 강가에 서 있으면 어떨까요

— 「미루나무」 부분

오래된 책을 들추다

본다,

책갈피 속에 숨어 있는 나비 한 마리

(중략)

손바닥에 입술 자국 남기듯 해당화 꽃잎 한 장 올려놓고
간 사랑

얼마나 갔을까

푸른 허공을 향해 빛바랜 나비가 날아오르고 있다

-「해당화」 부분

  시인이 노래하는 연시에는 몇 가지 특징이 있다. 꽃이나
나무 등 식물을 중심 소재로 삼았다는 점, 나는 그 자리에
서 있고 사랑의 대상은 "새"나 "나비", "떠내려오는 꽃송이"
등 움직이는 존재로 표현된다는 점, 대부분 상실과 비애의
정서로 이루어진다는 점 등이 그것이다.

  이 특징들은 서로 연결되어 있다. 나는 한 자리에 서 있
는 식물성 존재이고, 내가 사랑하는 대상은 움직이는 동물
성 존재이기 때문에 내 사랑은 상실과 비애로 점철될 수밖에
없다. 식물성인 시인에게 사랑은 늘 "뼁대보다 오르기 가파
른 사랑"이고, "손바닥에 입술 자국 남기듯 해당화 꽃잎 한

장 올려놓고 간 사랑"으로 남는다. 시인이 목련을 바라보며 "목련이 피었다 지는/ 열흘 사이/ 십 년 사랑이 왔다 가는구나"(「목련 2」)라고 노래할 수 있는 것은, 시인의 사랑이 그만큼 지난한 기다림으로 이루어져 왔기 때문일 것이다.

그러나 시인의 이 기다림은 끝내 성취되지 못하고 대부분 상실과 비애를 낳는다. 시인이 삶을 "가지고 온 울음 다 비워"(「매미」) 내는 과정으로 보거나, "울어도, 울어도/ 몸 안에서만 울리어/ 핏줄이 터져 온몸이 붉어진"(「석류」) 상태로 여기는 것은 바로 이 때문이다. 아래 시는 식물성의 삶과 사랑이 낳은, 오로지 울음만으로 이루어진 애절하고 슬픈 합창이다.

스스로 움직이지 못하는 것들은
스스로 소리 내어 울지도 못한다

누군가 탕탕 제 몸을 때려 주어야
그때야 비로소 쌓인 울음 쏟아 낸다

빗방울이 호두나무를 두들긴다
나뭇잎이 훌쩍훌쩍 소리 내어 운다

빗방울이 지붕을 마구 때린다
기왓장이 꺼이꺼이 목 놓아 운다

뒤란에선 깡통이 엉엉 울어 댄다

먼 데서 벙어리 길손이 마실에 찾아와

오도 가도 못하는 것들 울음보 터뜨렸다

— 「빗소리에 대한 오해」 전문

3

　시인이 시를 통해, 시 쓰기를 통해 삶의 주인이 되어야겠
다는 자각에 이른 것은 이러한 내력의 결과물이다. 숫눈(「단
시」), 숫눈길(「발자국」) 등 훼손되지 않은 순수한 세계를 동경하
거나, "난생처음 들어 보는 이국 언어같이 낯선 말, 하루"(「하
루」), "십일월 초하루, 꺼져가는 목숨에 숨결을 불어 넣듯 잠자
리가"(「잠자리와 과꽃 사이」) 등과 같이 시간에 대한 인식을 노래
하는 것은 주인으로 거듭나고자 하는 갈구의 소산이다.

기억하지 마라

빈 쪽배의 실종을 오래 수색하지도 마라

이제는 조난당한 목선이 아니다

나는 주먹돌을 주워 배 위에 올려놓는다

— 「부연동에서 침몰하다」 부분

그렇다고 함부로 묻지 마라

　　　힘줄 도드라진 손 안에 무엇이 있었느냐고

　　　단지, 손바닥을 활짝 펴기 위해

　　　나는 오늘도 주먹 힘껏 오므리고 있다

- 「목련」 부분

　「부연동에서 침몰하다」에 등장하는 부연동은 시인이 거주하는 강릉의 한 오지 마을이다. 시의 전반부에 따르면, 시인은 이 부연동 가마소의 너럭바위에서 깜박 잠이 들었던 경험을 소재로 삼아 이 시를 썼다. 시인은 꿈속에서 조각배로 표류하다 마침내 침몰하고 만다. 그런데 그 침몰이, 바다으로의 침잠이 오히려 자유를 만끽하게 했다. "기억하지 마라/빈 쪽배의 실종을 오래 수색하지도 마라"라는 표현에는 침몰을 통해 비로소 자유를 얻은 역설이 담겨 있다. 명령형 표현은 「목련」에서도 이어진다. 시인은 마지막 부분에 이르러 힘줄 도드라진 손 안에 무엇이 있었느냐고 "함부로 묻지 마라"라고 말한다. 이 시 역시 "단지, 손바닥을 활짝 펴기 위해/나는 오늘도 주먹 힘껏 오므리고 있다"라는 역설적 표현으로 종결된다. 이 역설은 시를 좀 더 힘 있게 만들고, 시인으로 하여금 '주인 의식'을 갖게 만드는 동력으로 작동한다.

마음이 풍선 같은 날이 많아 허공을 떠돌다

어쩌다 바닥에 내려앉아서 보면

그사이 동승은 사미승이 되어 면벽 중이고

의젓해진 뒤태에 머리통 쓰다듬지도 못했지요

둥근 달이 기울고 차오르고 다시 차오르는 사이

법랍 아흔이 훌쩍 넘은

검버섯 피어나는 고승을 멀찍이서 바라보았는데

때가 되어 깊은 산속으로 홀로 걸어 드셨는지

하루 눈뜨니 고승은 간데온데없고

좌복에 덩그러니 목탁 하나 놓여 있었지요

모과의 열반은,

철없고 죄 많은 중생 손에

거무튀튀한 목탁 하나 쥐어 주는 것이었지요

-「열반」부분

나는 아직도 꽃문어 같은 사랑을 기대하나

대체로는 빈 조가비나 해초가 그득한데

비늘 반짝이는 시어라도 걸리는 날이면

세상에 하나뿐인 요리를 늦도록 궁리한다

통발이 텅텅 비어 쓸쓸할 때는

고사를 지내듯 맑은 소주잔 앞에 놓고

만선을 기원하는 주문도 노래처럼 읊조린다

나는 배를 타고 수평선으로 나가지는 않지만

막막한 지평선 바라보며 세파에 일렁이는 어부다

- 「어부의 노래」 부분

위의 시 「열반」은 앞에서 보았던 '모과' 시편들처럼 모과를 소재로 삼은 작품이다. 하지만 똑같이 모과를 소재로 삼았음에도 불구하고 이 시는 이전의 모과 시편들과는 확연한 차이를 보인다. 이전의 모과 시편들이 지나온 내력을 진술하는 데 주안점을 두고 있다면, 이 시는 자신만의 관점에서 모과를 새롭게 탄생시키고 있다. 모과를 목탁을 남기고 가는 고승에 비유하며, 마침내 "모과의 열반"을 이끌어 내는 힘과 상상력은 오롯이 시인만의 것이다.

「어부의 노래」는 이러한 힘과 상상력을 이끌어 내는 동력이 어디에서 오는가를 잘 보여준다. 시인은 차분한 목소리로 자신의 시 쓰기를 어부의 작업에, 시 쓰기에서 얻은 결과물을 "어부의 노래"에 비유한다. "비늘 반짝이는 시어라도 걸리는 날이면/ 세상에 하나뿐인 요리를 늦도록 궁리한다"라는 구절은 시인이 지키고 있는 시 쓰기의 지극함을, "나는 배를 타고 수평선으로 나가지는 않지만/ 막막한 지평선 바라보며 세파에 일렁이는 어부다"라는 구절은 시인으로서의 드높은 자세를 느끼게 해주는 데 부족함이 없다. 두 편의 시는 시인의 주인 찾기가 마침내 큰 성취를 이루었음을 입증해준다.

시인은 시 「강물」에서 "화단에서 네 잎 클로버를 찾는 아이들아/ 함께 찾다가 내가 금방 시들해지는 것은// 나는 나를 위해/ 행운을 찾아본 적이 없는 사람"이라고 노래한 바 있다. 시에서 드러난 바와 같이, 식물성 체질인 시인의 성정은 자신보다는 남을 위해 "행운을 나누어준 사람"으로 살아오도록 이끌었다.

그러나 시를 통해, 시 쓰기를 통해 주인을 찾아가면서 얻은 깨달음은 이 성정을 보다 큰 세계로 나아가게 만들었다. 시인은 이 큰 세계 속에서 그만의 아름다운 표현들을 만들어 냈다. 마지막으로, 그 어떤 주석도 해설도 필요 없는 이러한 시구들을 웅얼거려 본다.

"물방울같이// 가도 낮은 데로, 낮은 데로만/ 또르르 달려가 기꺼이 네가 되는// 너 속에 더 큰 내가 되어 반짝이는"(「물방울같이」).

"온다는 것은 이렇게 생기가 돌게 하는구나/ 비가 오든, 눈이 오든/ 온다는 말은 이렇게 몸을 일으켜 세우게 하는구나"(「온다는 것」).

"젖꼭지를 물고 잠이 든 아이처럼/ 노란 꽃술에 코를 박고 자고 있다/ 세상에나 날이 이렇게 훤히 밝았는데도"(「부전나비」).

온다는 것

1판 1쇄 인쇄 2017년 6월 23일
1판 1쇄 발행 2017년 6월 30일

지은이 김영삼
발행인 윤미소
발행처 ㈜달아실출판사

책임편집 박제영
디자인 이화연
마케팅 배상휘

주소 강원도 춘천시 서부대성로 48번길 12, 2층
전화 033-241-7661
팩스 033-241-7662
이메일 dalasilmoongo@naver.com
출판등록 2016년 12월 30일 제494호

ⓒ 김영삼, 2017

ISBN   979-11-960231-4-0 03810

• 이 도서의 국립중앙도서관 출판예정도서목록(CIP)은 서지정보유통지원시스템 홈페이지
  (http://seoji.nl.go.kr)와 국가자료공동목록시스템(http://www.nl.go.kr/kolisnet)에서
  이용하실 수 있습니다. (CIP제어번호: CIP2017015115)
• 이 책은 강원도·강원문화재단 후원으로 발간되었습니다.
• 잘못된 책은 구입한 곳에서 바꿔드립니다.
• 책값은 뒤표지에 표시되어 있습니다.